Copyright © 1997 Nord-Sud Edizioni, per l'edizione in lingua italiana
© 1996 Michael Neugebauer Verlag, Gossau Zurigo, Svizzera
Stampato in Belgio
Prima edizione settembre 1997
ISBN 88 8203 023 7

Paolino
tu esageri!

Una storia scritta da Brigitte Weninger
e illustrata da Ève Tharlet
Testo italiano di Luigina Battistutta

Un libro di Michael Neugebauer
per la Nord-Sud

Che bella giornata!

«Adesso che ha smesso di piovere, posso andare con Robi a far galleggiare le mie barchette di corteccia» pensa Paolino. *Hop!*
Si alza con un salto e si lava gli occhi come un gatto.

Ma, per fare colazione, se la prende con comodo e non lascia indietro neanche una briciola.

Le gocce di pioggia brillano ancora sull'erba del prato. Paolino
raccoglie un bastone e si diverte a lanciarlo alto alto in aria.
Plic! Ploc!
Ma, all'improvviso, il bastone gli sfugge dalle zampe e se ne vola
via per conto suo.

Paf! Accipicchia, cade in pieno sugli animaletti
fatti di pigne che Violetta ha costruito.
Che disastro! Il capriolo ha una zampa rotta, il coniglio
ha le orecchie spezzate.
«Paolino!!! Tu esageri!» strilla la sua sorellina.
«Guarda cosa hai combinato!» e scoppia a piangere.
Paolino scappa via, verso il bosco.

Corre a testa bassa come una furia e va a
sbattere dritto addosso alla vecchia quercia.
Bum! Gli sembra di aver picchiato la testa contro un muro...
e la capanna di suo fratello crolla come un castello di carte.
«Paolino!!! Tu esageri!» grida Nocciolino. «Avevo fatto tanta
fatica!» Furioso, raccoglie da terra un bastone.
Paolino, svelto come un lampo, sparisce fra i cespugli.

Nascosto sotto una grossa radice, aspetta che le acque si calmino.
Nessun rumore. Paolino mette fuori il naso. Guarda un po' cosa c'è
laggiù: delle grandi zolle di muschio. Come dev'essere morbido!
Prende la rincorsa e salta sopra il muschio, rimbalza e... *pluf!* Cade
in un profondo buco. Che fatica risalire, ma... lassù c'è Prezzemolo
che lo aspetta: «Paolino!!! Questo è troppo! Hai demolito il mio
laboratorio sotterraneo!»
Paolino non aspetta il resto. Suo fratello maggiore è troppo robusto.

Paolino corre a nascondersi nella tana.
Nessuno.
Papà e mamma sono di sicuro andati
a cercare da mangiare.
Mangiare? *Gnam!* Che fame!
Paolino socchiude la porta della dispensa,
tanto per dare un'occhiatina: un cavolo,
alcune rape, del grano e dei mirtilli.
Mirtilli grossi e lucidi e profumati.
Senza pensarci su, si mette a
mangiucchiare.
Ma, all'improvviso, un rumore di voci
lo fa trasalire. Svelto svelto, si nasconde
dietro la porta.

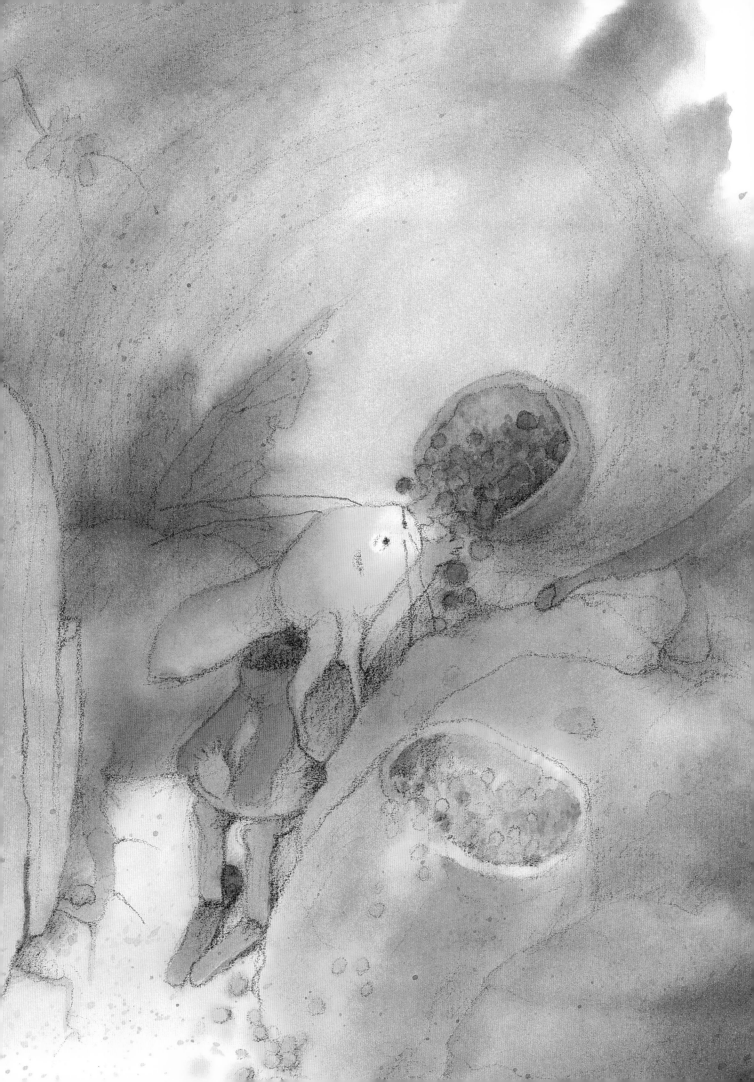

Sono la mamma e Violetta che entrano.

«Mamma, Paolino è insopportabile» piagnucola la piccina.

«Ha rotto tutti i miei animaletti di pigne. Mi viene voglia di calpestare tutti i suoi giocattoli!»

A quelle parole, il cuore di Paolino ha un tuffo.

Non l'ha mica fatto apposta, lui!

Ma prima che la mamma possa aprir bocca, ecco che arriva
Nocciolino. «Mamma, non lo sopporto più, Paolino! Ha distrutto
la mia capanna e io ci avevo messo due giorni a costruirla.
Dovresti chiuderlo in casa!»
Di nuovo, Paolino sente i brividi corrergli giù per la schiena.
Non è mica colpa sua! Correva così veloce che la capanna non
l'ha proprio vista.

Arriva Prezzemolo e anche lui ha qualcosa da dire:
«Mamma, Paolino è una peste! È saltato dritto nel mezzo del
mio laboratorio sotterraneo e ha riempito tutto di terra.
Se lo prendo, gli tiro le orecchie!» Paolino, a quel discorso,
arrossisce come un pomodoro.
Non l'aveva mica visto, lui, quel buco!
«Paolino è cattivo!» frigna Violetta
tirando su col naso.
«Ma no, Paolino non è cattivo» risponde
la mamma. «Anzi, è fin troppo buono, ma non
fa mai attenzione, corre come uno scalmanato
senza riflettere... gli parlerò seriamente.
A proposito, dove si è cacciato?»
Nessuno lo sa.

«È ora di pranzo, fra poco sarà qui» dice la mamma.
«Sedetevi a tavola, ho portato a casa dei denti di leone freschi
freschi . E per dolce ci sono i mirtilli.»
I mirtilli! Paolino si mette a tremare come una foglia.
Voleva soltanto assaggiarli, e invece...
se li è sbafati tutti!

Quando finalmente torna a casa, Paolino non si regge sulle
zampe per la stanchezza e il papà, al suo rientro, lo trova che
sonnecchia in un angolo.

«Che succede, Paolino?» gli chiede. «Stai dormendo in piedi.
Che cosa hai fatto, oggi?»

«Io?» Paolino corre a rannicchiarsi fra le braccia di papà. «Prima
ho costruito degli animaletti di pigne per Violetta. Poi ho fatto
una capanna insieme a Nocciolino. Dopo, ho tolto la terra dal
laboratorio sotterraneo di Prezzemolo e, per finire, ho raccolto
i mirtilli con la mamma.»

«Caspita!» esclama il papà. «Tutto oggi? Ma tu lavori troppo,
Paolino, tu esageri!... Non siete d'accordo anche voi?» aggiunge
rivolgendosi agli altri.

La mamma scoppia a ridere e anche Prezzemolo,
Nocciolino e Violetta.
Che risate! Paolino adesso è ben sveglio.

Salta nel mezzo della tana, apre le zampe,
china di lato la testa e mormora: «Bacino bacino?»

Bacino bacino.